ALICORNE

segunda edición

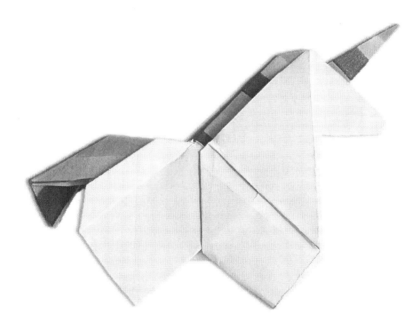

Elvin Negrón

Alicorne

Segunda edición

Elvin Negrón

Título original: *Alicorne*

Derechos de autor © 2023 Elvin Negrón Álvarez

Edición y Diagramación: Evelyn A. Velázquez
Diseño de Portada: Evelyn A. Velázquez

Segunda Edición: noviembre 2023
Primera Edición: septiembre 2015

ISBN 9798863810287

elvinnegronalicorne@gmail.com

Este libro es de publicación independiente

A Evelyn Aleida
por inspirarme a escribir;

y a Verónika y Fabián
por inspirarme a vivir.

Tabla de contenido

VIRUS

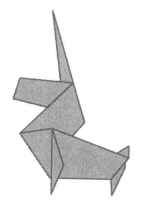

—Los resultados confirman nuestras sospechas —intentó explicar el doctor calmadamente—. El problema es una infección viral.

—¿Y es grave? —preguntó la madre de la niña mirándolo con los ojos bien abiertos.

—Bueno, es un virus muy peligroso, pero creo que lo hemos detectado a tiempo.

—Pero, no entiendo, ¿cómo un virus puede causar tantos problemas? —comenzaba a alarmase la madre.

—Déjeme explicarle cómo ocurre. El virus o fago entra a las células, se replica hasta que ocurre lisis...

—¿Lisis? —interrumpió la madre—. ¿Qué diablos es eso? ¿No me diga que es cáncer?

—No, lisis no es otra cosa que la destrucción de la célula. Esto es parte...

—Pero, no entiendo; ¿cómo se pudo contagiar?

—Este virus no es muy común y se adquiere por contacto físico. Pudo contagiarse hace mucho tiempo; pero, cálmese, ya le dije que lo hemos detectado a tiempo.

—Pero, si hace unas semanas ella estaba bien.

—En muchos casos el virus se mantiene latente por años sin causar síntomas. En ocasiones se vuelve activo y se reproduce en la célula hasta romper la pared celular, el virus se libera y busca otra célula; así comienza el ciclo nuevamente.

—¿Eso explica los temblores, la fiebre y los escalofríos?

—Sí, eso es normal. El cuerpo tiene mecanismos naturales para contener el virus.

Movimientos y cambios en temperatura son causados por el mecanismo del sistema inmunológico que eventualmente causa la muerte de muchos fagos en la célula.

—¿Fagos?, ¿Qué es eso?; Doctor hábleme claro, ¿está seguro de que no es cáncer?

—Olvídese de eso, ya le dije que no. Fagos es lo mismo que el virus.

— Está bien, pues, si es un virus, ¿cuál sería el tratamiento?

—Bueno, pues existen varios tratamientos: podemos fortalecer el sistema inmunológico y dejar que el cuerpo siga destruyendo de manera natural...

—Pero, ese método no ha sido muy bueno hasta ahora; ¿no hay medicamentos? —volvió a interrumpir la madre alzando la voz.

—Sí, hay varios medicamentos. La mayoría de los tratamientos funcionan atacando las células infectadas, destruyéndolas antes de que el virus tenga la oportunidad de salir e infectar otras células.

—Pues dele el medicamento, que no soporto ver a mi nena enferma.

No muy lejos, mientras el doctor suministraba el medicamento, un astronauta llamado Acabá se preparaba para volar al espacio en una misión denominada: Operación Éxodo. Los terremotos y los cambios climáticos eran cada vez más frecuentes. En pocos años la destrucción de la atmósfera era inminente. Acabá miró por la ventana justo antes de despegar y vio cómo un enorme meteoro entraba en la tierra como una enorme bola de fuego. En ese instante la niña comenzó a sentirse mucho mejor.

DILEMA

¿Qué vino primero, el cigoto o el gameto?

SUERTE

El corazón del pela'o es el más noble y generoso.

A eso de las diez de la noche decidió que ya era hora de retirarse y contar el dinero que había ganado durante el día; sí, ganado, porque, aunque a muchos les parezca que pedir en la calle durante catorce horas al día no es trabajo, para Esteban este era un trabajo como cualquier otro. Quizás no prestaba un servicio, pero pedir bajo el sol, la lluvia o el sereno no era un paseo en el parque. Además, esa voz en su mente le convencía de que era mejor pedir que robar; razonaba que en realidad sí prestaba un servicio, y era precisamente evitar los crímenes de asalto y escalamientos.

Tan solo colectó cinco dólares con setenta y seis centavos. Antes hacía mucho más dinero pidiendo, pero ahora con el cierre de tantos negocios no solo la gente estaba menos dispuesta a dar, sino que ahora tenía más competencia en la calle. Su primer nombre era Esteban, pero le gustaba que lo llamaran por su segundo nombre, Dido.

Luego de contar el dinero, compró una libra de pan y un boleto de lotería. No podía darse el lujo de jugar con frecuencia, ese no era su vicio; pero algo en su mente le dijo que jugara. Guardó el boleto y se sentó a repartir el pan entre los siete perros que siempre le seguían. No siempre fueron siete; cuando comenzó a deambular se encontró un perro moribundo, lo curó, lo alimentó, lo llamó "Vietnam" y desde entonces lo llevaba consigo a donde quiera que fuera. Poco a poco se unieron los demás: Maelo, Zodiac, Blades, Combo, Pellín y el último que se les unió, al que todavía no se decidía qué nombre ponerle. El primer día lo llamó Lavoe, sin embargo, luego se dio cuenta que era hembra y no se decidía si llamarla Lupe o Celia.

Mientras alimentaba a los perros cantaba "¿Cuándo llegará el día de mi suerte? Sé que antes de mi muerte, seguro que mi suerte cambiará." Desde que compró el boleto se le había pegado esa canción y la repetía una y otra vez en su mente aun cuando dejaba de cantarla. Tenía una certeza que nunca antes había sentido, sabía que realmente su suerte cambiaría. Cuando ganara el premio iba primero a ayudar a la gente que de alguna forma lo había ayudado: a sus sobrinos, a su hermana y sobre todo a su mamá, que tanto había sufrido por su culpa. Luego se compraría una casita y un carrito nuevo, pero humildes; no deseaba vivir en opulencia, su deseo era vivir una vida mejor, cuidar de sus seres queridos, aun de aquellos que

lo despreciaban, porque muy en el fondo él los comprendía a todos. Recordaba tiempos mejores en los que miraba con desdén a los tecatos en la calle, le repugnaba verlos, nunca les daba ni un centavo; ¿para qué, para que los gasten en drogas? No, su dinero bien ganado no era para eso.

Mucha gente piensa en pegarse en la lotería para dejar de trabajar, para viajar por el mundo, pero a Esteban le interesaba todo lo contrario. Quería volver a ser un ciudadano útil, laborar, ser un ejemplo de superación y poder ayudar a otros a educarse, a no cometer los mismos errores que él. Más que viajar, lo que quería era estar en un lugar tranquilo, cómodo, ser alguien normal, pero ser alguien; porque cuando unos es un vagabundo, un tecato, uno no existe, no eres un ser humano, eres como una mierda en la acera que todo mundo detesta y evita, pero que nadie quiere limpiar. Se acostó en su improvisada cama hecha de ropa vieja rodeado de sus siete fieles amigos; los únicos que no se asqueaban con su olor, una mezcla de: sudor, drogas, alcohol y orines. Acostado en el suelo sacó el boleto de su bolsillo. Lo observó, suspiró, y comenzó a planificar lo que haría cuando ganara.

El premio era de poco más de un millón de dólares, pero al pedirlo en un solo pago, después de pagar contribuciones le sobrarían unos $450,000. Así que comenzó a pensar que con ese dinero lo primero que haría era regalar a su madre y hermana $50,000. Con el resto del dinero estudiaría, compraría una casa de dos pisos en la venida principal, viviría en la planta alta y abriría un centro de tutorías en la planta baja, y cuando tuviera bastantes clientes, les daría trabajo a sus sobrinos y luego con las ganancias ampliaría sus servicios y lo convertiría en un colegio primario y después seguiría invirtiendo hasta ofrecer todos los grados. Luego con su ejemplo de superación conseguiría contactos en el gobierno y abriría un centro de rehabilitación para dar servicio a los más necesitados: adictos, madres solteras, huérfanos, etcétera. Y pensando en todos estos planes reía de felicidad y de ilusión; la fortuna que tendría y el reconocimiento que vendría cambiarían su vida. Quizás hasta podría postularse para senador, o mejor aún como alcalde, y más tarde, por qué no, para gobernador. Entonces sintió temor de perder el boleto, ese pequeño papel que cambiaría su vida. Lo apretó, y lo sumergió en lo más profundo de su bolsillo y así se dispuso a dormir si sacar su mano del pantalón, y así pasaron varias horas antes de que se quedara dormido.

No estaba seguro cuánto pudo dormir, probablemente solo un par de horas hasta que el sol comenzó a castigar su rostro. Despertó ansioso, sacó el boleto y comenzó a caminar hasta las oficinas de la lotería. En el camino se detuvo en una cafetería y preguntó la hora. Eran las siete y treinta de la mañana, las oficinas no abrirían hasta las nueve. Pidió ver un periódico y comparó sus números; miraba una y otra vez el boleto, aún con la certeza y la fe que tenía, no podía creer que los números parearan. Sintió deseos de gritar y correr, pero pensó que el diario podría tener errores, tenía que ir a las oficinas y confirmar. Tiró el periódico y corrió lo más rápido que pudo mientras

los perros lo seguían, ladrándole, como preguntando hacia dónde corría.

Llegó casi sin aire, pero apenas eran las ocho, la hora de espera fue la tortura más cruel que jamás hubiera sufrido. Mientras esperaba volvió a pensar en su plan, irónicamente, con menos certeza de ser el ganador que antes de ver los números ganadores. Cuando por fin abrieron, se dirigió a una ventanilla y pidió que le confirmaran que era el ganador. La respuesta fue dulce y amarga, "Felicidades, usted es uno de los ganadores." El premio era de $180,000. Después de ayudar a su madre y hermana apenas tendría unos $130,000. Con esa cantidad no lograría comprar la propiedad que quería, pensó entonces en no ayudar a sus familiares, no tenían que enterarse. Pero aun así no podría tener ambas, la casa y el negocio, y ni hablar de un auto. Sintió una furia y una frustración que nunca antes había sentido con la vida. Ganar ese dinero era una burla más del destino. Desistió de llevar a cabo sus planes originales y trazó un nuevo plan.

Cambió el cheque, compró varias libras de jamón para los perros y los dejó comiendo frente al mercado, en seguida adquirió ropa nueva, alquiló un cuarto de motel y se dio un baño. Luego salió, llamó un taxi y le pidió que lo llevara al centro, donde recogió varias prostitutas, se llevó todo el efectivo al punto, compró toda la heroína que tenían en inventario y paso seguido le pidió al taxista que los llevara al hotel más lujoso que encontrara.

Al otro día, despertó debajo de un puente, apenas vivo, solo, sucio, sin perros, sin drogas, sin prostitutas y sin el dinero. Todavía con la canción en su mente: "¿cuándo llegará el día de mi suerte? Sé que antes de mi muerte, seguro que mi suerte cambiará".

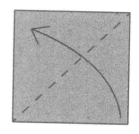

ALICORNE

La decepción no duró mucho tiempo. Ciertamente los análisis químicos no confirmaron la edad de la capa de hielo. Con su experiencia, el profesor Palau estimó que la capa tendría al menos 900,000 años. Sin embargo, los primeros análisis estimaban no más de 500,000 años, lo cual estaba bastante lejos del récord de 800,000 años. Largos meses de trabajo parecían desvanecer con la lectura de cada letra y número en la carta que anunciaba los tan esperados resultados. Las capas de hielo antiguo lo obsesionaban, ya que en ellas se encuentra congelado en el tiempo, información de la atmósfera del planeta. Entre cada capa de hielo estaban guardada la historia de la tierra en forma de pequeñas burbujas de aire atrapadas. No solo podía leer como en un libro de historia si hubo alguna tormenta o un año particularmente con poca o mucha precipitación, también podía leer en el hielo si hubo un evento catastrófico de grandes proporciones, como la erupción de volcanes gigantes que hoy día se encuentran extintos. Muchas de las historias escritas en hielo se podían corroborar en libros de historia, como la erupción del Vesubio, que destruyera a las ciudades de Pompeya y Herculano; o la erupción en la isla de Tera, que terminó con la civilización minoica. Palau veía los cilindros de hielo antiguo como auténticas máquinas de tiempo. Máquinas que podían ser calibradas con eventos conocidos con precisión, y que una vez calibradas podían entonces trasportarnos a eventos del pasado que hoy son leyenda, como la de Atlántida; o eventos que hoy nadie sabe que pasaron pero que han sido parte fundamental de la historia no escrita de la Tierra.

Con estas máquinas podría decir con cierto grado de certeza que hace equis miles de años hubo un gran cambio climático, o que hubo una gran inundación, o que cayó un meteoro, incluso se puede leer en el hielo eventos de actividad en nuestro sol y otros eventos siderales como la muerte de estrellas cercanas, tales como las documentadas por Tycho y Kepler. Saber cómo era la atmósfera que respiraron nuestros antepasados, y con el cambio también poder predecir el futuro; cómo será nuestra atmosfera en cien o en mil años. Había soñado que con este descubrimiento alcanzaría el reconocimiento requerido en su carrera, lo cual le traería con toda probabilidad el respeto de la comunidad y también por qué no, más dinero. También podría al fin dedicar más tiempo a su familia. Sara, su esposa, al principio de su carrera, lo acompañaba en los viajes y a cada expedición; pero ahora con el niño, no solo ya no podía acompañarlo,

sino que le comenzaba a poner una terrible presión para que dejara su investigación y se dedicara más a dar su cátedra, donde estaría más tranquilo y más presente. El nacimiento de Charles había cambiado un poco al hombre, que, como muchos padres, planificaba un futuro brillante para el niño, pero que pasada la novedad de los primeros días volvía a la rutina del trabajo, ahora con una preocupación más por la cual aferrarse al mismo. En el fondo sabía que ella tenía razón, ya no era tan joven, ya era hora de asentar, era lógico que lo importante en la vida era disfrutar los hijos en la mejor etapa, disfrutar los mejores años de su vida con su compañera y toda esa bobería políticamente correcta. Aunque en el fondo sabía todo esto, no podía evitar sentirse vivo cada vez que viajaba a lugares recónditos, que arriesgaba su vida en un viaje, cada vez que descubría algo que nunca en el mundo se había visto antes. Ese sentimiento de estar cada vez más cerca de descubrir algo grande. La decepción original fue tan profunda que no abrió una segunda carta que llegó con los resultados del hielo y la llevó a casa junto con unas revistas técnicas.

Esa noche Sara pensaba en la situación familiar y sentía cómo crecía el coraje dentro de ella. Hacía historias en su mente, apostaba a que otra vez él llegaría tarde, otra vez no vería al niño despierto, una vez más comería y se acostaría sola. Todos los días era el mismo ciclo en su mente, primero trataba de justificarlo, de comprenderlo, pero a medida que pasaba las horas sola, la furia nublaba su comprensión y simpatía; cada noche se sentía con más derecho y confianza de poder decirle que se había colmado la copa, que debía escoger entre ellos o su trabajo. Mas cuando llegaba no le decía nada, se quedaba en silencio, pero un silencio lastimoso, un silencio que gritaba que algo estaba mal y que la culpa era de él. Era un ciclo dañino que no arreglaba nada, que lo único que hacía era darle a ella cada día una acumulación de razón ficticia. No decía nada porque en el juego de su comunicación se supone que él sabía que algo estaba mal y ella no se supone que fuera precisa hasta que llegara el momento oportuno, hasta que algo le diera la excusa para explotar.

La mente le hacía historias que él con sus actos iba a confirmar y aunque a ella le dolía, sentía una satisfacción enfermiza cuando las historias de su mente se cumplían y mientras más exactas, mayor la satisfacción. Otra vez llegará tarde y ni siquiera preguntará por el nene. De seguro llega tarde y ni probará la comida y si la prueba, ni siquiera hará un gesto de agradecimiento. Sin embargo, cuando el profesor llegó, había algo diferente, se le notaba como un cansancio en la manera de caminar, hablar, y hasta de mirar que solo da la derrota. No siguió para nada la historia en la mente de Sara. Llegó temprano y luego de dejar las llaves y documentos en la mesa, caminó hacia ella, la besó y seguido se sentó a la mesa como esperando la comida. Ella avanzó a traerla mientras él miraba a la nada, pensativo. Le preguntó por el niño y sobre cómo había sido el día. Conversaron mientras comían como hacía mucho no lo hacían, pero la voz lenta, los movimientos pesados y la mirada ciega delataban su verdadero ánimo. Hubo un minuto de silencio y para romper el incómodo momento Sara preguntó por los documentos que había dejado sobre la mesa mientras tomaba en sus manos la carta abierta. Antes de que la pudiera leer, el profesor le comenzó a contar sobre la carta y ella no tuvo que adivinar que esto era lo que abatía su ánimo. La esposa trató de mejorar su humor diciéndole que quizás hubo algún error de cálculo, y que no se rindiera, pero al no ver cambio en el semblante del profesor, tomó la segunda carta y le preguntó por qué no la había abierto. Cuando él no le contestó, ella decidió que no era importante y le sugirió que se fueran a dormir.

La segunda carta fue el principio de una nueva aventura. Tal como ha sucedido en múltiples ocasiones en muchos de los descubrimientos más relevantes para la ciencia, nuevamente el azar sería la chispa necesaria para detonar la explosión de conocimiento congelado en el tiempo. La carta contenía los resultados de un objeto que se encontró al comienzo de las excavaciones de las capas de hielo. No parecía ser ninguna parte en particular de un animal, parecía una pequeña roca triangular. Al profesor le pareció que podía ser un pedazo de hueso pequeño, pero por la poca antigüedad estimada del hielo en que se encontró no le dio mucha importancia. Aun así, decidió enviarlo a analizar para apaciguar la curiosidad de los trabajadores que lo habían encontrado. Aparentemente, el misterioso objeto era material orgánico, más específico, materia ósea, pero con una cantidad de minerales y queratina similar a la composición de los cuernos bovinos. El asunto llamó inmediatamente la atención del profesor y sus colegas, ya que no se trataba de un animal con astas como el venado, sino de un animal con cuernos como un toro o una jirafa. Pero encontrar el cuerpo o restos del cuerpo de un animal con cornamenta en ese lugar no era lo más extraño. Lo más extraño de los análisis era que se tratara de un cuerno que aparentaba ser más antiguo que la capa de hielo en la que se encontraba. ¿Cuánto más antiguo?, entre 500 y 700 mil años más antiguo. El enigma del cuerno comenzó a crecer entre la comunidad científica y el profesor vio una nueva oportunidad para reivindicar el prestigio en su carrera. La discrepancia le dio una excusa para volver a Antártida a continuar liderando la investigación de hielo. Estaba seguro de que algo había fallado en el protocolo y la capa de hielo era tan antigua como el cuerno, quizás había sido en el laboratorio o fue un error de los trabajadores menos experimentados que trabajaban en su equipo. Quizás la muestra se había contaminado; no sería la primera vez. La expedición continuaría, pero en esta ocasión el profesor sería mucho más meticuloso y supervisaría más de cerca, en especial a los menos experimentados.

Llegó con una emoción que hacía tiempo no sentía, como si fuera la primera vez que hacía el viaje. Estaba listo para pasar largas semanas en busca del hielo más antiguo que jamás se hubiera descubierto; y en otros tiempos con toda probabilidad hubiera tardado mucho en encontrar algo, pero gracias a los artefactos de posicionamiento global, pudo continuar su trabajo justo donde lo había dejado. Luego de casi dos semanas trabajando en el hielo, a una temperatura de menos veinte grados Celsius, el ánimo del doctor Palau había disminuido grandemente. Excavaban sin descansar por

varias horas diarias, pero el verano estaba llegando a su fin y las condiciones amilanaban rápidamente las esperanzas del grupo. Excavaban cerca de los mismos lugares que había estado antes en busca del lugar preciso dónde se había encontrado el fósil, pero el área era extensa y no tenían idea de dónde específicamente habían encontrado el cuerno. Al cumplirse tres semanas uno de los trabajadores encontró otro pedazo que se parecía al fósil encontrado anteriormente. Pero la profundidad a la que se encontraba requeriría el uso de equipo más pesado para excavar. Así que decidieron terminar y volver luego con más refuerzos. Tomaron las coordenadas y dejaron un tubo en el orificio para que al volver pudieran reconocer el punto exacto y proseguir sin dilatar más la obra.

El profesor viajó a Argentina y desde allí envió mensajes a su hijo y a su esposa con fotos de los paisajes increíbles que se podían apreciar en Antártida. Aún con su enfoque en el trabajo, de su deseo de encontrar el punto exacto donde se encontró el fósil, y del clima extremo que tenía que soportar, era imposible no pararse un momento y admirar el hermoso paisaje de tonos blancos, rosa, azul y marrón de montañas vírgenes y túneles solo vistas por un puñado de hombres en cientos de años. Aunque nunca hubiera encontrado nada que valiera la pena publicar como un avance en la ciencia, el solo hecho de poder ver esos paisajes y esos matices en el cielo, el viaje ya había valido la pena. Una vez en Argentina, aprovechó para contactar a un amigo y colega, el doctor Silvio Currie, quien era un paleontólogo especializado en fósiles de dinosaurios. Se reunió con él para hablar de viejos tiempos y le propuso que lo acompañara en la próxima expedición. Su amigo se entusiasmó mucho con la idea, pero no podía ir en el próximo viaje, ya que tenía compromisos previos que no podía cancelar. Así que quedaron en que irían juntos en unos siete meses. Pero el profesor Palau no podía esperar tanto en volver y decidió partir antes para ir preparando la excavación antes que terminara el verano y no hubiera luz para trabajar. Lamentablemente, nunca pudo volver a Antártida.

II

Unos meses después, cuando el doctor Currie trató de comunicase con el doctor Palau para hacer los arreglos de viaje, Sara le contó que el profesor había desaparecido y nadie sabía de su paradero. Todo parecía indicar que el barco en el que viajaba zozobró junto con una tripulación de unos diez hombres entre científicos y trabajadores. Luego de unas semanas, el amigo visitó a Sara y entre recuerdos de tiempos más felices juntos, ella le mostró los últimos correos electrónicos con las fotos. Las fotos mostraban algo más que paisajes exóticos y hermosos, eran paisajes únicos. Una foto mostraba en la lejanía la cima de una montaña sublime, una que, aunque él nunca había visto antes; y aunque no sabía su nombre, en una fracción de segundo una búsqueda sencilla en el internet sobre

paisajes en Antártida le mostró decenas de fotos de la misma montaña. Se trataba de la montaña Ulvetanna, situada en la región denominada Las montañas de la reina Maud. El nombre de la montaña significa colmillo de lobo, llamada así por su forma peculiar, que con sus tres mil metros de altura luce imponente e inconfundible. El doctor Currie le contó a Sara la propuesta que le hiciera su marido antes de desaparecer y le prometió que iría en una expedición y terminaría el trabajo de resolver el misterio del fósil. Ella no pareció emocionarse por la noticia, lo abrazó y le dijo que si lo quería hacer que no lo hiciera por ella.

El doctor Currie no tenía mucha experiencia buscando dinosaurios en lugares tan extremos, pero logró conseguir un grupo experimentado y las herramientas ideales para proseguir con el trabajo de su amigo. Lo más que le preocupaba era conseguir el lugar preciso donde se dejó el cilindro que indicaba dónde se encontró el pequeño pedazo fosilizado. Se repetía a sí mismo que lo haría por su amigo, por Sara, por Charles; mas como Sara perecía haber adivinado, la curiosidad de encontrar qué animal se encontraba entre las capas de hielo era suficiente motor para llevarlo a terminar el trabajo dejado a medias. Después de varios días de viaje y de disfrutar de la primera impresión que causaba el paisaje de ese mundo de hielo, el cansancio y el frio comenzaron a hacer mella a los deseos de estar en ese inhóspito lugar donde el día es infinito. Pasaba las horas callado, embelesado, como si tuviera congelada hasta la vista; hasta que de repente una imagen se formaba de la nada. En el horizonte se formaba una imagen muy conocida y por un instante no sabía qué estaba viendo. Pidió al guía que se detuviera, y este le dijo que todavía faltaba para llegar a su destino final, Ulvetanna. Luego de explicarle al guía que la montaña era solo una referencia, se detuvieron y al examinar el lugar, era evidente que había habido un campamento antes. No tardó mucho en encontrar el orificio con el tubo. Por suerte no había sido cubierto completamente por la nieve. Unos meses pasaron y se acercaban a la profundidad dónde encontrarían la solución al misterio. Poco a poco resurgía el fósil más completo e impresionante que jamás hubiera visto.

El profesor había sido testigo y estaba acostumbrado a descubrir impresionantes fósiles de huesos gigantescos, de animales prehistóricos de más de siete metros de largo casi completos. Pero no estaba preparado para lo que vería. Lo primero que pudo descubrir es que, en efecto, el pedazo que se encontró era de un cuerno. El cilindro hueco que se utilizó para perforar el hielo había cortado el cuerno del animal prehistórico, que se encontraba en el hielo como si hubiera muerto parado. Pensó que el cuerno era de un ceratópsido, como el famoso triceratops, mas a medida que iban descubriendo se iba formando un animal más pequeño, con una forma más contemporánea; similar al Tsaidamotherium hedini, que vivió hace unos veinte millones de años en China, pero este era mucho más reciente. Sería el primero de su clase encontrado del periodo cuaternario. Era mucho más parecido al caballo moderno, tanto que, si no fuera por el cráneo no hubiera distinción. El cráneo estaba bien

preservado y tenía la base del cuerno que cortaron con el cilindro de hielo y formada desde el mismo centro y mucho más fino que el del Tsaidamotherium hedini. Cuando terminaron de desenterrar el fósil, todos quedaron atónitos frente a lo que indiscutiblemente era un mítico unicornio. Estaba tan bien conservado que probablemente todavía tenía materia orgánica. El doctor Currie, contrario a lo que se podía esperar, no parecía tan emocionado. Luego de mirar embelesado por varios minutos los restos del mítico animal, lamentó que su amigo no estuviera allí, y lo cerca que este estuvo de reencontrarse con su unicornio.

DESALMADO

Tan pronto la vi sentí un deseo irresistible e irracional de matarla, era más que un sentimiento, un instinto que me obligaba a actuar, un odio innato, natural, y así lo hice de inmediato. O al menos pensé que lo había hecho. No quería que mi esposa o mi nena la vieran ni viva ni muerta, pero como sabía que no llegarían a la casa hasta la noche, decidí acostarme un rato antes de deshacerme del cadáver.

Mi sorpresa fue grande al despertar y notar que todavía estaba con vida, todavía se movía y casi podía escucharla quejarse, aunque eso fuera imposible, el golpe había sido mortal. Entonces me llegó un sentimiento que nunca antes había experimentado...pensé en lo irracional de mi acto, y en cursilerías como lo preciado y sagrado que es la vida, aunque sea de las más mil calañas. Ella nunca me hizo mal, solo que yo no podía verla con vida y entrometiéndose en la mía, pero ahora me sentí identificado con ella y aunque aún me asqueaba, sentí su dolor, no solo el de su cuerpo, sino el de la injusticia de ser juzgada y ejecutada sin ningún motivo fundado. Ya era muy tarde y no podía salvarla, mi esposa llegaría en cualquier momento. Busqué el recogedor y la escoba, la eché en una bolsa plástica, la deposité en el zafacón de la cocina y volví a quedarme dormido.

NEOGÉNESIS

Georges quería entregarse por completo a su búsqueda de la fe, mas con tantos caminos sentía que no necesariamente conocía toda la verdad. Deseaba la sabiduría concedida a Salomón, hablar con Dios como lo hacía Moisés. Pero con la proliferación de la maldad, todas esas diferentes creencias, religiones y sectas, presentía que nadie era dueño de la verdad absoluta; sin embargo, estaba seguro de que ésta sí existía y él la encontraría. Razonó que no podía encontrar la verdad en la tierra; a quién preguntar, si todos estaban seguros de tenerla. No, si quería encontrar la verdad tendría que ir a la fuente principal, sin intermediarios. Estudió varios métodos para conseguir lo que quería y le pareció que según la experiencia de varias creencias de diferentes países y culturas, la oración, la meditación y el ayuno eran tácticas muy efectivas y denominadores comunes. Ya determinados los métodos de comunicación, faltaba lo más importante: con quién se comunicaría. Hizo un estudio científico y logró crear una técnica con la que pudo rechazar estadísticamente la hipótesis nula de que las principales setenta creencias eran iguales, y continuó utilizando análisis de varianza y regresiones múltiples hasta reducir la lista a tres, que con igual nivel de confiabilidad podían ser efectivas. Con estos dos factores: método de comunicación y receptor; ya sólo quedaba comenzar el experimento de contacto.

Se encerró, libreta en mano, para tomar notas sobre los resultados que pudiera obtener. Luego de poco más de una semana de ayuno, oración y meditación, ya había perdido la noción del tiempo. No sentía hambre, sino una debilidad extrema en el cuerpo, no así en el espíritu que cada día se sentía más cerca de lo que denominó "Dios" en sus apuntes. Mientras oraba se quedaba dormido y soñaba con ángeles y tenía visiones maravillosas; fue en una de estas visiones que escuchó una voz diáfana que le reveló: no existo.

De primera intención fue una experiencia que le trajo gran satisfacción, sin embargo, su método tenía un problema mayor; para que la comunidad científica le diera algún tipo de credibilidad debía someter pruebas, y una simple libreta de apuntes personales no cumplía con los requerimientos más básicos de documentación. El experimento debía estar documentado de forma tal, que cualquier otro científico pudiera reproducir los resultados. Sin estos elementos y sin un solo testigo, no podría convencer ni siquiera a un investigador del Vaticano. Pero si para algo le sirvió la experiencia fue para aumentar su fe; resolvió repetir el procedimiento, esta vez utilizaría grabadoras y testigos.

Intentó varias veces sin éxito. En la primera repetición llevó a un amigo, pero este no quiso ayunar más de un día y tuvo que suspender el intento. Luego trató con varias personas que trabajaban en turnos de entre doce y veinticuatro horas, pero el ambiente no era el mismo con tanta interrupción. Además, tuvo el presentimiento empírico de que el sentimiento de soledad, o más bien de intimidad, había sido un factor importante en la primera experiencia. Entonces, elaboró un mejor diseño, más fiel al original, pero que le permitiría documentarse mejor. Mandó a instalar cámaras diminutas, escondidas aún para él, que grababan y transmitían en directo por internet, y así, luego de casi dos semanas de ayuno, oraciones, meditaciones y ronquidos, finalmente consiguió replicar el experimento original, pero en esta ocasión, en lugar de una voz, escuchó una gran explosión seguida por un silencio absoluto; y en lugar de visiones de ángeles, vio una luz que lo cegaba, como una espesa neblina en una mañana luminosa. Mientras la luz se disipaba, una imagen comenzó a formarse ante sus ojos; se trataba de unas agujas que tejían una estampa tridimensional utilizando hilos de distintos colores. Así, ante sus ojos se comenzaron a hilvanar nebulosas, estrellas, galaxias y finalmente un punto negro que creció rápidamente absorbiendo todos los cuerpos celestes acabados de crear hasta que la visión terminó en completa oscuridad.

Abrió los ojos y se encontraba en una cama de hospital y rodeado de ojos de enfermeras, médicos y amigos que lo miraban desconcertados. Le contaron que en pleno experimento comenzó a gritar y a temblar y luego se desmayó. Georges narró a sus amigos y colegas lo que experimentó, pero lamentablemente, en los videos no se vio nada de los que pudo ver, solo su reacción ante lo que estaba experimentando. Salió del hospital muy desilusionado, seguro de que lo que vivió fue real. Dios le había contestado su petición de ser más sabio que Salomón, le había revelado quién era y cómo había creado el universo. No podía callar sus descubrimientos, tenía que dar testimonio de lo que el dios de la explosión le había revelado. Le contaba lo ocurrido a sus familiares y amigos más cercanos, compró un espacio en la radio y promulgó y defendió sus hallazgos con gran vehemencia hasta que poco a poco fue ganando adeptos. Al principio se reunían en su casa, luego en algún restaurante o lugar público, hasta que consiguieron un salón y comenzaron a reunirse semanalmente. Algunos de sus seguidores comenzaron a tener experiencias similares con el dios de la gran explosión, a tal grado que lo veían en las formas de las nubes, en las manchas de humedad de las paredes y hasta en manchas de transpiración de camisetas.

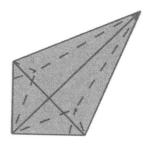

ESCRITOR DE ENSUEÑO

Al fin, Zemannat se quedó profundamente dormido, pero en su ilusión onírica sabía que estaba soñando y se molestó porque no fantaseaba nada interesante. Más bien, siguió preocupado por la novela que debía escribir y se quejaba, No sólo ahora no ocurre nada interesante, sino que ni siquiera sé cuánto tiempo estoy perdiendo, vagando en este mundo sin provecho alguno, y decidió, Debo buscar la manera de despertar y ponerme a escribir lo que sea y no perder más tiempo soñando sandeces.

Aunque había logrado descansar un poco, su situación no había mejorado. Llevaba varios días sin dormir y comenzaba a desesperarse porque no podía escribir nada bueno si no soñaba. Sentía una gran presión, decía que Cuando se tiene éxito en un libro, la responsabilidad es muy grande, porque todos tus fanáticos esperan que tu próximo libro sea igual o mejor, y tus críticos más severos, que

sea tan malo o peor que el anterior; y yo escribo para cumplir las expectativas de ambos. Pero a su fórmula secreta le comenzó a faltar el ingrediente más importante; las fantasías que lo inspiraban comenzaron a escasear. Los primeros días de insomnio estaba en negación y argüía; No, no es que tenga insomnio es que no quiero dormir ahora para luego dedicarle más tiempo a crear, cuando más cansado estoy es cuando mejores historias hilvana mi subconsciente.

Zemannat había tenido éxito con la publicación de libros en base a sus alucinaciones quiméricas más extrañas. Quizás sus sueños muchas veces eran demasiado insólitos, pero él se justificaba, Mis sueños no tendrán mucho sentido, pero no son distintos a la vida, por eso gustan tanto. En una de esas fantasías muchas veces el protagonista aparecía dando un discurso completamente desnudo, mas nadie se daba cuenta y huía cruzando avenidas concurridas en busca de un lugar donde pudiera taparse, aunque fuera con una servilleta, y terminaba en un cohete que aterrizaba en un planeta que resultaba ser idéntico a la tierra, pero donde los habitantes de América eran achinados, los alemanes eran negros y los rusos parecían guatemaltecos. Muchas veces plasmaba en el papel absurdos que la gente interpretaba como alegorías y le atribuían erudición a los sinsentidos más grandes que su subconsciente enredaba. La verdad es que le iba muy bien en todo el mundo con la venta de sus libros y mientras más enredados y enmarañados, mejores eran sus historias y las ventas.

Mientras perduraba el insomnio su esposa lo convenció de buscar ayuda médica. En realidad, la ayuda que buscó fue preguntar al farmacéutico del supermercado más cercano por un antihistamínico. Tomó la dosis regular, pero cuando esto no lo ayudó mucho, resolvió duplicar la cantidad. Así fue como al fin logró vencer el insomnio, pero ahora no solo sabía que estaba dormido, sino que el sueño le parecía terriblemente largo y aburrido.

Ahora no podía despertar. Gritó con la esperanza de despertarse con sus propios gritos, pero no funcionaba; seguía atrapado en un mundo aburrido, donde el tiempo era confusamente largo y donde seguía despierto y preocupado. Recordó que frecuentemente soñaba que caía y siempre despertaba antes de estrellarse contra el piso y planeó, Buscaré un lugar de donde me pueda tirar al vacío y despertar.

Comenzó a buscar la manera de volver al mundo real. Se montó en su auto para buscar un lugar de dónde tirarse, pero de algún modo llegó a un desierto sin montañas, solo había un camino que desaparecía en el horizonte y de donde periódicamente aparecía un camión en sentido contrario que le pasaba por el lado a gran velocidad. Luego de varias horas y varias decenas de camiones, se detuvo a pensar, Cómo saldré de esta rueda de hámster perenne, creo que mi única alternativa es pararme en frente del próximo camión que pase, así o me mato y despierto, o si se detiene el camión al menos habré roto el ciclo; pero al pararse en medio del camino a esperar el próximo camión comenzó a dudar, ¿Y si no es un sueño?; no, de seguro lo es, nada de esto tiene sentido, no sé cómo llegué

aquí, ese ni siquiera es mi auto; y siguió tratando de convencerse mientras el próximo vehículo se acercaba a gran velocidad y a pesar de que estaba convencido de que todo era una ilusión, no pudo esperar el impacto y sus reflejos lo sacaron del medio de la calle. No puedo hacerlo, tengo que romper el ciclo de otra forma.

Como no podía despertar, decidió adentrarse más en la fantasía. Se montó de nuevo en el auto a pensar, y mientras escuchaba música clásica en la radio, sus ojos comenzaron a cerrarse lentamente una y otra vez hasta quedar dormido. Al volver a abrir los ojos, aún estaba en el auto, pero cuando decidió proseguir la marcha se dio cuenta de que tenía los dos brazos en el volante y un tercer brazo en la palanca de cambios. Se detuvo, miró su tercer brazo, luego miró el camino y divisó una especie de establecimiento, como un café; sonrió, Ahora sí tengo algo de qué escribir. Se estacionó en el café, entró al negocio, pidió un capuchino y se volvió a montar, conduciendo con dos manos en el volante y aguantando el pocillo con su tercera mano; Debo despertar. Levantó la taza humeante, la derramó sobre su cabeza y despertó gritando. Todavía estaba en el auto, ya no tenía tres brazos, así que tomó su computadora y comenzó a escribir una novela sobre el personaje de los tres brazos tan rápido como si tuviera cuarenta dedos.

En unas horas (o minutos, no estaba seguro), terminó el primer capítulo, luego los siguientes tres. Antes de comenzar el cuarto capítulo trató de leer lo que había escrito y no podía hacerlo y se dijo:

Todavía estoy dormido, después de tanto trabajo. Furioso, salió del auto y comenzó a romper las decenas de hojas escritas en la invisible tinta de sus sueños mientras a toda velocidad se acercaba otro camión titilando y sonando la bocina.

Justo antes del inminente golpe, abre los ojos. Se siente con una mezcla de sentimientos entre un aire de alivio y decepción. No hay camiones, solo tiene dos brazos, se siente descansado, listo para retomar la escritura de su más reciente entelequia, mas no podía proseguir; estaba catatónico. Sospechaba que todavía no había despertado.

COMÚN Y CORRIENTE

Era un dios nada extraordinario. Podía crear vida, al igual que todas las demás criaturas. Podía viajar en el tiempo, como lo hace toda la materia. Podía con sus acciones cambiar e inventar la historia, y conocer los secretos del universo sin hacer nada al respecto, al igual que un común ser humano; y aun así... aun así, la gente lo adoraba.

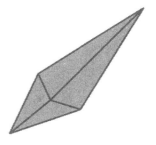

A LA CARTA

Hace apenas unos cuatro años mi vida era muy diferente, y aunque no tenía dinero ni fama, gozaba de salud y no sé si es por la naturaleza humana de siempre mirar el pasado con nostalgia, pero creo que hasta era más feliz. Acompañaba a mi tío en un viaje en barco hacia Ecuador para vender un toro y naufragamos. El toro estaba en una caja de madera reforzada, la cual utilicé para flotar hasta llegar a la orilla de una pequeña isla que parecía estar desierta. El toro, de la casta de Cabrera, era el último recurso de mi tío para evitar la ruina. Ninguno de los dos quería venderlo, pues era nuestro orgullo, y aunque era un toro de lidia, aún no estaba cuajado. El animal era majestuoso, color azabache, con trapío, de cornamenta bien armada, de pezuñas perfectamente redondeadas; un perfecto ejemplar.

Hasta ese momento sólo era un aficionado a la tauromaquia. Me gustaba ayudar a mi tío en la cría de toros, pero mi figura nunca ha

33

sido de torero; sin embargo, al quedarme solo en la isla tuve que por primera vez poner en práctica mis escasos conocimientos.

Pasé varios días sin comer. La isla no tenía ningún árbol frutal y solo encontré pequeños insectos. Entonces, mientras casi me resignaba a morir de hambre pensé "¡el toro!". Lo había olvidado por completo y razoné que, aunque probablemente estaba muerto, quizá todavía estaba fresco, pero lo más importante era que en la caja había una reserva de agua. Llegué hasta donde estaba la caja, y tratando de abrirla sentí al toro que se movía. Me detuve, sentí un golpe que me pareció una embestida o quizás una patada. En ese momento el hambre desapareció, desplazado por la visión imaginaria del toro abalanzándose sobre mi cuerpo, tirándome como si fuera un muñeco de trapo. Ya entonces estaba anocheciendo y me senté frente a la caja con un inmenso sentimiento de derrota; el toro no solo no estaba muerto, estaba más vivo que yo.

Me despertó la marea creciente y por una fracción de segundo pensé que todo había sido un sueño, pero al ver la caja supe que todo fue real, el toro estaba allí y tenía que enfrentarlo. Pensé que la única solución era matarlo, comer lo más que pudiera antes de que se pudriera la carne, tomarme el agua y rogar a Dios que llegara el rescate. Aunque había pasado mucha hambre, todavía estaba muy lejos de caber en el traje de luces que utilizan los esbeltos toreros. Nunca había toreado y menos un toro de la estirpe y bravura de este, de tan legendaria casta. Tenía una cuchilla y aunque era muy pequeña como para traspasar al toro, la utilicé para improvisar una lanza hecha

de una rama seca y comencé a planificar cómo matarlo. Como no tenía muleta para torear; me quité la camisa, que, aunque originalmente era crema ahora tenía un tono más marrón. Abrí la puerta de la caja y salí corriendo a esperar que el toro saliera. Esperé por varios minutos, pero no salía. Comencé a tirar rocas a la caja y como no salía decidí acercarme muleta y lanza en mano. El toro me miró, pero no me atacó, le mostré la muleta improvisada y el toro respondió con un movimiento de cabeza y patas que anunciaban un inminente ataque. Me paré muy derecho, imaginé que estaba en un estadio lleno de fanáticos, y me preparé para el comienzo de la faena. Pensé darle un derechazo, o quizás hasta un movimiento de verónica; en eso estaba cuando el toro embistió directamente por la improvisada muleta y aproveché para enterrar la lanza en el costado del animal. No tuve que esperar mucho para que la bestia se desplomara; le corté las orejas y el rabo como trofeos de mi secreta hazaña mientras imaginaba que el sonido de las olas era un público enardecido gritando mi nombre y lanzándome flores.

Sólo me alimenté del toro un par de días. Luego tuve que tirar el resto ya podrido y esperar otra vez morir de hambre o ser rescatado. Pasé tanta hambre que lamenté haber botado los restos descompuestos. Desesperado, tuve una iluminación, "el chiquero"; corrí hasta la caja del toro y como esperaba, encontré la jaula llena de la más exquisita comida que hubiera probado en días. El excremento del toro todavía estaba húmedo. Lo comí por varios días imaginando que comía las ensaladas más exóticas del mundo. No me hizo falta aderezo.

Así dio inicio una nueva etapa en mi vida. Después de ser rescatado cedí los derechos de mi historia para un libro y este fue uno de los más vendidos; pero el mayor de mis éxitos me vino por mi nueva obsesión. Continué comiendo excremento y experimentando con diferentes especias y salsas.

Experimenté preparándolo con todo tipo de variaciones, lo elaboraba: en sopas, en pastas, empanada, frita, con aceite, con salsa Alfredo o a la milanesa.

Con el tiempo, la de toro ya no me satisfacía y decidí seguir experimentando. Intenté con caballos, conejos, cabras, gallinas y todo tipo de animal doméstico; y aunque la venta de mis libros incrementaba, me cansaba bastante rápido de degustar la misma. En mi afán por encontrar la receta perfecta, decidí confeccionar lo que sería mi obra maestra utilizando mi propio excremento. Este fue el mayor de mis éxitos, y abrí tantos restaurantes que tuve que convertirlos en franquicias. Sin embargo, ni la fama ni el dinero me llenaban. Como es natural, estos alimentos no me nutrían bien y con el tiempo mi salud comenzó a deteriorarse. Poco a poco bajé de peso, mi piel empezó a tomar un tono verdusco y mi aliento era cada vez más difícil de disimular. Al cabo de varios años con esta dieta mi salud estaba muy deteriorada y fui llevado al hospital en contra de mi voluntad.

En el hospital, los primeros días sólo me pusieron sueros y así me sustentaron como no lo hacía en muchos meses. Luego me dieron: sopas de pollo, frutas, cereales, vegetales, y finalmente cuando ya tenía más color me dieron carnes, pastas y hasta mariscos. Al ser un chef tan famoso, el hospital se esmeraba en la preparación de mis comidas y muchos fanáticos me enviaban sus mejores confecciones tanto en platos como postres. Sin embargo, todo esto era en vano, no importaba lo que me dieran a comer ya era muy tarde: ya todo me sabe a lo mismo.

CLÁSICO

Con un semblante triste salió a la calle, y ya afuera, alzó su mirada al edificio y desde la ventana del segundo piso ella le tiró con el libro, y mientras caía le gritaba "¡que disfrutes el infierno!". Él atrapó el clásico y le hizo un gesto de agradecimiento.

LA CAJA DE ARENA

La habitación era un asco, en el suelo había basura, comida, vómito de gato, manchas de líquidos derramados que nunca se habían limpiado y perduraban como si luego de evaporarse se convirtiese en un concentrado pegajoso de estiércol. La mezcolanza de olores era insoportable; una combinación de humedad, orines, hongo y excremento; en un balance tan perfecto que era difícil descifrar cuál prevalecía. Lo único que estaba impecable era el pequeño mueble con libros que Isabel atesoraba, el cual contenía tanto novelas recientes, como libros de cuentos y novelas clásicos de la literatura mundial. Ella era una adicta a la lectura, pero la mayoría de sus libros los leía en versiones electrónicas; estos libros no eran solo para leer, eran sus más preciadas posesiones, su tesoro. Isabel Jones pasaba los días encerrada sola con sus libros y su gato Lorenzo, y apenas salía para buscar algo de comer. Keko, el mayor de sus hermanos entró a la habitación a increpar a Isabel sobre el asunto de higiene y la fetidez que difundía su cuarto.

Luego de escuchar la perorata del hermano, Isabel se defendió:

—No comprendo por qué tanto alboroto, yo ni lo siento.

—No, si a nadie le hieden sus pedos ni le están sus hijos feos. Precisamente ese el problema, ya te has acostumbrado a la peste y no es natural.

—Es lo más natural del mundo, todo muere, todo se pudre, apesta, desaparece y vuelve en un ciclo natural e infinito. Es más natural que las porquerías de perfumes que traes, esos que me dan tanta alergia que no paso más de un minuto sin estornudar.

—¿No te has preguntado por qué a todo mundo le molesta estos olores, al punto de la náusea? ¿No te has puesto a pensar por qué nos atrae el olor de las flores? No es natural vivir entre la mierda, lo normal es detestarlo, huirle. Hemos evolucionado evitando esos olores, para evitar enfermarnos, evitar envenenarnos...hemos desarrollado una aversión natural por lo inmundo... y una atracción, igualmente natural, por la primavera. ¡Te vas a enfermar!

—¿Y tú, no te has puesto a pensar que sé todo eso y es precisamente la razón por la que no quiero cambiarlo, para mantener a todos naturalmente fuera de mi habitación?

En esto el hermano mayor levantó la tapa de la caja de arena del gato y descubrió que el olor no solo era por el desorden del cuarto o

la arena saturada de excremento, sino que entre arena y mierda estaba el felino muerto; mas no pudo sacarlo, pues Isabel se tiró llorando sobre el animal y con lágrimas y gritos le pidió que no se lo llevara. Tuvieron que venir los demás hermanos para quitarle el cuerpo del animal y mientras unos enterraban al gato en el patio, otro trataba de calmarla.

Fue necesario llevarla al médico, su amor por el animal era tan grande que lloraba desconsolada día y noche y no quería ni siquiera bañarse; solo quería dormir y llorar. Mas luego de una semana, se le vio más tranquila; ya no lloraba tanto y comenzó a comer con más regularidad. Sin embargo, los hermanos todavía estaban preocupados porque no salía del cuarto y los vecinos decían que la habían visto en el patio de noche, cerca del lugar donde habían enterrado el animal, y la escuchaban en ocasiones hablando sola, llorando, y hasta la escuchaban llamando al gato.

Preocupados por la salud mental de su hermana, decidieron entrar al cuarto para hablar con ella y confrontarla. Tenían que convencerla de salir del cuarto a tomar aire y entretenerse. Con temor a la escena que encontrarían, antes de abrir la puerta escucharon por un momento. Isabel parecía hablar con alguien y reía.

Al entrar, los hermanos quedaron sorprendidos con el estado del cuarto. Isabel estaba en el suelo, junto a la caja de arena, con su libro más preciado, una versión completa en español e italiano de El Decamerón. Parecía que le leía el libro a la caja. Había arreglado el cuarto y lo había llenado de flores que colmaban el lugar de fragancias; el piso estaba inmaculado, olía a lavanda y no tenía siquiera un vestigio de las manchas de hongos, sino que estaba limpio y recogido, con excepción de algunos pétalos frescos que parecían estar colocados con toda la intensión de ornar. El cuarto estaba lleno de aromas primaverales y una esencia a pureza. Donde antes tenía basura y ropa, ahora crecían plantas olorosas; en las ventanas tenía tiestos con romero, mentas y salvia, junto a los libros crecían gladiolas nocturnas. Pero lo que más les llamó la atención era la caja de arena; la había convertido en un tiesto donde sembró hermosos y olorosos lirios de casablanca y albahaca

EGOÍSMO

Cuando Lucy quitó la almohada era evidente que ya estaba hecho. Probablemente todavía podía revivirlo y lo pensó por unos segundos, pero no sería justo, él no lo merecía; no luego de tanto tiempo juntos, si se puede decir juntos. Emanuel la amaba y ella no le correspondió, al menos no de la misma forma. Llegaron a ser novios, pero ella no pudo aguantar ser feliz por mucho tiempo y se fue muy lejos con el pretexto de seguir sus sueños y estudiar actuación y artes cinematográficas. Muchos años después ella volvió, como el hijo pródigo, y allí estaba él como estatua de sal, petrificado en el tiempo, como si no hubiera hecho otra cosa en todos estos años que esperar cual lo hace un perro a su amo, sin noción del tiempo, guardando toda la energía para mover el rabo y gemir de felicidad. Luego de varios años juntos y con el fantasma del matrimonio rondando, Lucy volvió a huir para calmar su espíritu bohemio y buscar ser alguien, y aunque esta vez estaba segura de que no volvería, su mala costumbre de seguirlo en las redes sociales le hizo enterarse de que Emanuel sufría una enfermedad que lenta y dolorosamente lo consumiría. Siempre pensó en ella misma, nunca en él. Mientras removía la almohada se dio cuenta que, irónicamente, este era el primer acto genuino de compasión y empatía que ella jamás le había demostrado. No había pasado un minuto desde que removió la almohada de su rostro, lo miró y parecía normal, como dormido. Entonces acercó su boca a la de él y le golpeó el pecho hasta revivirlo.

OTRO ÉXITO

Toda la culpa fue de ese maldito gato. Yo no soy una persona violenta. Pero ese gato, ese maldito felino del demonio despertó una parte de mí que ni yo mismo conocía; una parte oscura, emocionante, una pasión que llenó un vacío que hasta ese día no lo había podido llenar King, ni Lovecraft, ni siquiera Poe.

De niño nunca le hice daño a ningún animal, no me atrevía a lastimar ni a un insecto; me repugnaba ver cuando mi hermano Eduardo torturaba lagartijas hasta matarlas. Cuando me sacaban sangre para algún análisis médico, no podía mirar la aguja o la sangre al salir de mis venas; en la escuela preferí reprobar biología antes que abrir una rana. Pero, ese maldito animal con sus maullidos constantes, con su obstinación en convertir mi marquesina en su baño personal me sacaba de quicio.

Mi vida era tan diferente, hasta que un día decidí publicar mis cuentos en mi página cibernética. Un amigo se las mostró a otro amigo y éste a su vez a otro hasta que en un abrir y cerrar de ojos, miles de personas leían y discutían mis historias. Luego del repentino e inesperado éxito en Internet, recibí una oferta de una editora para escribir mi primera novela. Tenía que entregar un borrador en solo unas semanas y no había podido comenzar; pues cada vez que me disponía a hacerlo el despreciable maullido comenzaba. Cómo podía crear, cuando el insoportable ruido del animal me interrumpía constantemente. Era tan agudo y fastidioso como un grillo en el cuarto justo a la hora de dormir. Sentí que el chillido retumbaba en todas las paredes, salía de todas partes, como si el gato estuviera en el cuarto, justo debajo de la cama o en el armario. No sabía de quién era, pero me decidí a matarlo. Como cualquier persona civilizada, traté de envenenar al animal. Compré "tres pasitos" en el colmado más cercano y lo dejé con unas salchichas en la esquina de la marquesina que el animal había convertido en su letrina personal.

Ah, los quejidos del animal eran música para mis oídos, yo todavía no había podido escribir nada, pero escuchar la forma en que se quejaba me cambió el ánimo. La inminente muerte del felino me llenaba de una felicidad insospechada. Esa noche, aunque no escribí, me acosté con una sonrisa en mi semblante que denotaba mi satisfacción y en mi mente llovían ideas para historias fabulosas; todas comenzaban con un grito o un quejido, pero todas tenían un final feliz.

Desperté en la oscuridad, exaltado, miré el reloj del celular: la una de la mañana. Todavía escuchaba el gato, pero cada vez el quejido era más fuerte, podía jurar que el quejido venía de debajo de

mi almohada. Lo busqué por todo el cuarto, pero no lo encontraba. Miré por la ventana hacia el patio, pero ni rastro del animal. Fui hasta la marquesina, abrí la puerta y allí estaba todavía. Tantas veces lo había visto salir huyendo de la escena del crimen luego de dejar su huella, sin poder hacerle nada y ahora lucía totalmente indefenso, y me miraba como pidiendo ayuda. Lo tomé por su frágil y pequeño cuello y lo apreté con una fuerza tan grande que sólo era igualada por el placer que sentía. Me sentí poderoso, gigante. Mientras lo apretaba podía sentir cómo destrozaba sus huesos, y miraba sus ojos brotados, los tenía tan dilatados que podía ver el reflejo de mi sonrisa en ellos. Comencé a reír con la ironía de ver cómo su última excreta le salía mientras lo apretaba, como si apretara un tubo de pasta de diente. Cuando no se quejó más, lo tiré con fuerza contra la pared. En ese momento, tuve que correr a mi cuarto, tomé la computadora y comencé a escribir como un loco. Escribí por horas, le puse nombre al gato, le di cuerpo humano, le inventé un trabajo, un pasado, una familia, una personalidad, una razón de vivir y lo volví a matar con la pluma como puñal: otro éxito.

LA TENTACIÓN

Un pastor amigo mío me contó los otros días que tuvo un encuentro con el mismo Satán. Me dice que se arrodilló a orar en su cuarto y luego de unos minutos se le apareció un ángel hermoso, lleno de luz. De primera impresión pensó que era el arcángel Miguel, usualmente a él le toca este tipo de apariciones, pero de inmediato se dio cuenta que no era el famoso arcángel cuando la figura de luz le dijo: "tus oraciones han sido escuchadas, tendrás todo lo que deseas, pero primero debes dar todas tus posesiones a los pobres". No terminó bien de escuchar esto y la luz del ángel se hizo menos brillante y mi amigo pastor le gritó: "te reprendo Satanás en el nombre de Cristo". No bien había terminado de reprender y el personaje había desaparecido con toda su luz, y mi amigo se quedó en la oscuridad, dando gracias al señor por haberlo librado de las garras de Lucifer.

EL LIBRO DE JERICÓ

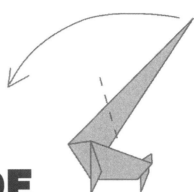

Capítulo 3

La torre

1 Y sucedió en aquellos días, que el presidente, Alejandro Omar Santiago, luego de dos años en el poder, se dio cuenta que podría terminar su término sin ninguna obra importante y con esta preocupación anidada en su mente, una noche se acostó, no sin antes pedir a Dios que le diera sabiduría, y soñó con una torre gigante, tan alta, que se perdía entre las nubes.

2 Y aconteció que despertó emocionado, pues pensó que El Creador le había revelado que su gran obra sería tener el rascacielos más grande y alto del mundo, el cual llevaría por nombre: Alejandro, para que las futuras generaciones conocieran al más grande gobernante puesto por Dios sobre la faz de la Tierra.

3 Llamó, pues, a sus asesores y les pidió: traedme a los cinco mejores ingenieros y arquitectos del país, a los cuales les preguntó, cuánto mide el rascacielos más alto de la Tierra, y a lo que estos contestaron como en coro, ochocientos veintiocho metros.

4 Id, pues, y diseñadme un

edificio que llegue a los mil metros, espero recibir vuestras propuestas en el término de un mes, y sin más detalles se marchó a su aposento.

5 Y sucedió, que, al cabo de un mes, Alejandro Omar evaluó las propuestas y escogió un diseño de torre con una cruz en el tope, pues le recordó la pieza más importante del ajedrez, y pidió que en lugar de cruz fuera un Cristo Redentor, que midiera al menos cincuenta metros, para que fuera superior al Cristo de Río de Janeiro.

6 En aquel tiempo, se estimó que la estructura tomaría unos quince años en construirse y costaría unas siete veces el producto interno bruto del país.

7 Convocó el presidente a una conferencia y luego de elevar una plegaria, se dirigió con gran retórica y manifestó a la nación su ambicioso proyecto; exponiendo que, en momentos de gran estrechez mundial, tanto económica como moral, la edificación serviría para levantar al país, llevándolo al sitial que merecía y que Dios le había revelado, y dijo: este será pues, un proyecto de identidad nacional será vuestro legado para futuras

generaciones.

8 Se entusiasmó el pueblo con las buenas nuevas y puso todas sus esperanzas en el proyecto; y todo el plan maestro económico y social del país desde ese momento compartía cimientos con la torre.

9 Mas, debido a la precaria situación financiera, era imposible colectar los fondos necesarios con un mero incremento en los impuestos o con gravámenes sobre propiedades, y fue necesaria una ley que exigía que toda persona desempleada, incluidos los niños mayores de ocho años, donaran tiempo en la construcción.

10 Se acordó, además, con el prelado de la iglesia, que a cambio de fondos se haría una especie de catedral en varios pisos luego de los setecientos metros de altura.

11 La diócesis comenzó a recaudar dineros para la construcción y se les pidió a los feligreses que dedicaran al menos veintiuna horas semanales a la obra del Señor.

12 La edificación continuó a paso acelerado sin mayores tropiezos hasta que, luego de casi cinco años de construcción, sin

mejoría económica y con la moral varios metros debajo de la zapata (de sobre cincuenta metros de profundidad), una niña, conocida como Sofía, cayó desde una altura de más de doscientos metros.

13 Y aconteció que una conflagración se levantó en contra del gobierno de Alejandro Omar Santiago; mas, el obispo, Fernando De Barros, saliéndole al paso, amenazó con excomulgar a cualquiera que se atreviera a hacerle frente al presidente o que amenazara la construcción de la torre.

14 Y sobrevino, que el mismísimo Papa envió una comunicación donde declaraba mártir y beatificaba a la niña; y pidió a los feligreses que imitaran el fervor de la joven criatura, que entregó su vida por cumplir con el santísimo ministerio, y que en adelante venerarían como Sónechka.

15 Al ser este el primer beato nacional, hubo gran júbilo y el pueblo recobró el ánimo.

16 De esta manera continuó la construcción y luego de siete años ya se había sobrepasado la marca de los ochocientos metros de altura, pero Alejandro quería continuar con la construcción; decía que quería poder mirar a la luna y ver a simple vista la inerte bandera norteamericana.

17 Mandó, entonces, llamar al Obispo y le pidió que condenara a todo el que no trabajara al menos treinta horas semanales en la edificación.

18 El pueblo comenzó a vivir cada vez más tiempo en la torre; los que ya trabajaban todo un turno comenzaron a trabajar dos, y los que tenían otros trabajos salían luego de sus respectivas labores a dedicar de cuatro a cinco horas diarias a la misión.

19 En el octavo año de construcción, descendió Dios para ver la ciudad y la torre que edificaban y dijo, he aquí el pueblo es uno, y han comenzado la obra, y nada les hará desistir ahora de lo que han pensado hacer. Ahora, pues, descendamos, y confundamos allí sus relaciones, para que ninguno entendiera a su compañero.

20 Los hombres se entendían sólo con otros hombres, y las mujeres se relacionaban exclusivamente entre ellas.

21 Y sucedió que, no hubo más nacimientos y debido al exceso de trabajo hubo mucha enfermedad. Pronto los mártires se multiplicaron y el pueblo fue desvaneciéndose y los esparció Dios sobre la faz de la tierra.

22 El obispo declaró hereje al presidente, por provocar la ira del altísimo al querer dar su propio nombre a la torre, pretendiendo ser más que Dios.

23 No pasó mucho tiempo para que se formaran turbas en contra tanto del gobierno, como de la iglesia; y con el paso de los años sólo quedaron las ruinas.

Capítulo 4
El impuesto

1 Luego de que el proyecto de la torre fracasara, se intensificó la crisis y el sufrimiento del pueblo; y hubo hambre y sequía a tal grado que el pueblo, buscando la redención en la muerte, comenzó a suicidarse en grandes cantidades.

2 Entonces, Alejandro Omar, sabiendo que el pueblo detestaba los impuestos más que a la propia muerte, ordenó que se pusiera un impuesto al suicidio, para matar dos pájaros con una sola piedra, ya que así bajaría la incidencia de estos y a la vez obtendría un dinero adicional para continuar su obra.

3 Pero como los suicidios continuaron y no recogía suficiente dinero, duplicó el impuesto; pero no recogía nada porque los muertos no estaban pagando, así que decidió que los familiares de los suicidas tendrían que pagar por los impuestos al suicidio de sus familiares.

4 Entonces el pueblo, rebelde con el gobernante, empezó a ir, de dos en dos, todos, a los pisos más altos de lo que quedaba de la antigua torre a suicidarse, solo para mortificarlo, y mientras caían para aceptar la suerte de Sónechka, el obispo los condenaba al infierno.

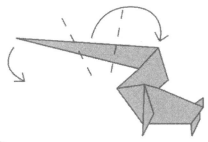

GRACIAS

Me levanté temprano para el gran día, me vestí con mi mejor ropa y partí hacia la ceremonia. Era mi graduación y me tocaba dar el famoso discurso. Me preparé impecablemente para una exposición llena de una retórica inspiradora, de triunfo, de un futuro prometedor donde nuestra preparación nos vislumbraba el éxito inminente. Pero nada de lo estudiado me preparó para el problema que se avecinaba. Justo cuando me paro tras el podio, sentí un escozor insoportable y el epicentro estaba exactamente en la desembocadura de mi intestino grueso. Sí, era un picor profundo, y cuando digo insoportable me refiero a que se me aguaban los ojos al tener que contener el extender mi mano y rascarme como si me quisiera escarbar otro orificio. Comencé mi discurso y pude percibir que todos notaban que había algo mal, entonces aproveché mi obvio ofusque con la excusa de buscar un papel, metí la mano en mi bolsillo trasero y me rasqué tímidamente diciendo: debe estar por aquí. Definitivamente allí estaba, pero el pequeño roce solo exacerbó más el deseo, el apetito por una fricción enérgica. Luego de buscar el papel, busqué un pañuelo, luego un lápiz y luego de una perorata inconsecuente, entonces se me ocurrió improvisar una oración en mi discurso. Le pedí a todos que cerraran los ojos y luego de una larga plegaria terminé mi alocución con un ¡Oh, gracias, Dios mío!

EL ÚLTIMO JUICIO DE FERMAT

Cuando escuché el anuncio "Todos de pie, la corte entra en sesión; el honorable juez Gauss preside" todavía no estaba seguro si cambiaría mi fallo. Pensé usar cualquier excusa para pedir un receso y cambiar lo que había escrito. Tuve que tomar una decisión, probablemente la más difícil que había tenido en mi corta carrera. No sé si a otros jueces les pasa, pero en mi caso, casi puedo ver todas las posibilidades de mis veredictos y en ocasiones es un verdadero dilema ser el dueño del destino de los seres humanos que pasan por nuestras salas. Para cada persona, la vida es como un juego de infinitas decisiones, donde cada una que se toma nos lleva a otras en una sucesión de eventos con posibilidades interminables que forman el árbol de nuestra vida. Hay quien piensa que por cada decisión existe un universo paralelo; o sea, que todas las posibilidades están ocurriendo en algún lugar al mismo tiempo. Bueno, pues yo no sé si todo eso es cierto, sin embargo, les puedo contar lo que me sucedió en esta realidad que vivo y de cómo llegué una vez más a un punto donde debo escoger qué camino seguir, aunque temo más que nunca escoger el sendero incorrecto.

Muchos conocen sobre la historia del último teorema de Fermat. Este caballero del siglo XVII se formulaba problemas matemáticos, los resolvía y luego los enviaba como reto a los más famosos matemáticos de su época. Su último teorema fue un pequeño escrito a puño y letra al borde de un libro, donde luego de formular el problema matemático, alegaba tener la respuesta, pero decía que el poco espacio que tenía en el papel no le permitiría revelarla. El problema obsesionó a cientos de matemáticos por más de trescientos años hasta que, finalmente, la solución fue demostrada en 1995. Durante mis años de estudio en la escuela de derecho, me hice fanático de Fermat, ese hombre admirado por su gran erudición. Lo que no es muy conocido es que este no era un matemático, sino que era juez de profesión y que tenía otro problema sin resolver. Fermat estaba convencido de que podía encontrar una solución matemática, sistemática y justa para resolver cada caso que se le presentara en corte, mas nunca lo logró. Esa fórmula puede parecer imposible para los legos en la materia, pero para un pensador seguro de que el universo está gobernado por las leyes de las ciencias y las matemáticas, no solo era una idea probable, sino una verdad absoluta.

En realidad, no hay que ser un genio para convencerse de que una fórmula o algoritmo de este tipo sea posible o lógico; solo hay que ponerse en la posición de un juez. Este examina la prueba que se le presenta, hace una operación probabilística en su cerebro que dependerá de la cantidad y calidad de la evidencia presentada, para entonces hacer un juicio mental estadístico de aceptar o no una hipótesis. Aunque esta operación necesariamente siempre tiene una probabilidad de errar, es cuestión de establecer el tamaño máximo de error que se está dispuesto a aceptar. Todo esto el cerebro lo hace en fracciones de segundo sin que nos demos cuenta. No obstante, es posible crear un programa de computadora que ejecute con más consistencia estas operaciones de lo que la mente humana es capaz de hacer intuitivamente.

Mientras estudiaba para licenciarme, me dediqué también a completar el sueño de Fermat. Utilizando programas de computadora, pude desarrollar una ecuación que, en teoría, permitiría hacer justicia con un grado de certeza de al menos 95% de confianza. Siempre quise ser un juez para impartir verdadera justicia. El sistema legal está hecho para que la democracia funcione, para proteger a los ciudadanos del poder de los gobernantes. Así que, entre los parámetros más importantes de la regresión, estaban las reglas procesales y los derechos constitucionales. Recuerdo que, luego de una larga noche de trabajo, me pareció que lo había conseguido. Apenas pude descansar por la ansiedad de levantarme y probarla en los juicios del día. Para poder utilizar la fórmula, debía hacer dos cosas: establecer las hipótesis nula y alterna, y escuchar las evidencias. La nula sería que el acusado era inocente, mientras que, en la alterna, era culpable; sencillo, ¿no? Como pueden adivinar, lo sencillo muchas veces se complica.

Por varios meses, utilicé el algoritmo desarrollado; fui haciendo algunos ajustes a medida que adquiría más experiencia, hasta que me sentí seguro de que el uso de la ecuación era mucho mejor en evaluar los datos que se presentan como evidencia para pronunciar un dictamen. Incluso, hice ajustes en los parámetros para permitir menor grado de error dependiendo de la gravedad del crimen imputado. Por ejemplo, para un robo menor, el error permitido era de un 5%, mas para un crimen grave, como un homicidio, la evidencia debía ser tal que la probabilidad de un fallo incorrecto fuera menor que 0.27%. Logré establecer un sistema ideal, donde ni los sentimientos ni las perspectivas particulares obstaculizarían la perfecta implementación de la ley. El éxito de mi método era evidente; mi popularidad como juez fue creciendo a medida que resolvía casos de interés público. Sometí una patente para el método al cual bauticé como Ley de Fermat, en honor a mi ídolo e inspiración.

Un día, me tocó un caso de mucha trascendencia. Se trataba de un individuo acusado de secuestrar, abusar sexualmente y asesinar a un niño de once años. El acusado tenía antecedentes penales tanto por delitos sexuales como por violencia doméstica; por lo que la ciudadanía estaba en vilo, y cuestionaba al sistema que permitió que semejante criminal anduviera en la libre comunidad sin siquiera un

grillete electrónico. Esperaban que yo rectificara los errores de la judicatura, pues interpretaban que el delincuente, en casos anteriores, se había valido de artimañas legales o quién sabe si hasta sobornos, ya que atribuían su éxito en los tribunales a que siempre renunciaba a su derecho a ser juzgado por sus pares. La evidencia era, en su mayoría, circunstancial; no se pudo recuperar siquiera algún rastro de ADN del imputado. Sin embargo, la noticia de que se me había asignado el caso elevó las expectativas del público que exigía justicia. Todos estaban seguros de que no solo lo condenaría, sino que la sentencia sería la más severa permitida por ley.

A medida que evaluaba la evidencia en mi cabeza, me inclinaba a pensar que el acusado era culpable, mas al entrar los datos en el programa de la computadora, este no confirmaba mi veredicto preliminar. El problema mayor era una petición de Habeas Corpus. No importaba la evidencia que se me presentara, la alegación de una violación procesal cambiaba el resultado del cómputo probabilístico a tal grado que tenía que exonerarlo. Ya podía escuchar a la multitud maldiciendo, tildando de tecnicismos legales el resultado de la sentencia. La plebe no entiende cómo las reglas procesales están hechas para protegerlos a ellos mismos. Ante este tipo de crimen, solo sacian su sensación de vulnerabilidad condenando a alguien. No importa si la persona acusada es la correcta; lo importante es que alguno pague y les devuelva esa ilusión de justicia divina infalible que forma parte esencial de su mundo perfecto, donde "todo obra para bien" y siempre hay un "final feliz".

Luego de que el alguacil anunciara mi entrada, me quedé ensimismado y no entré a la sala. La fórmula perfecta de la ley estaba limitada a la implementación de reglas, pero no contemplaba el derecho a la justicia. ¿Habrá sido esta paradoja lo que hizo que el gran Fermat no completara su sueño? Cuando escuché que el murmullo de la multitud que esperaba crecía gradualmente, pedí alargar el receso. Rompí el escrito. Tomé la computadora para hacer una modificación. En aquel momento, en aquella realidad, debía tomar una decisión; así que añadí un coeficiente al parámetro problemático en la ecuación, el que no permitía que los resultados de mi corazón se alinearan con el algoritmo. Reescribí la opinión y cambié en un santiamén el destino del imputado. Mientras vivía los resultados y las ramificaciones que mi veredicto forjaba de este universo, me preguntaba cómo sería esa realidad alterna, la que continuaba en la bifurcación que causó mi decisión, la que quizás coexiste en un mundo donde el sistema legal está estrictamente regido por la Ley de Fermat.

YONAS

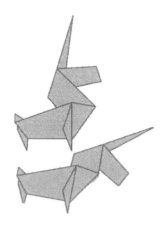

AHORA PUES, OH JEHOVÁ, TE RUEGO QUE ME QUITES LA
VIDA; PORQUE MEJOR ME ES LA MUERTE QUE LA VIDA.

JONÁS 4:3

1 Despertó por los gritos que variaban al son de los movimientos bruscos del avión en turbulencia.

2 Sin disimulo secó el hilo de babas de su barba mientras observaba una lata de Coca Cola rodar a toda velocidad hacia la cabina del piloto.

3 El ruido de las turbinas acelerando le confirmaba que definitivamente no llegaría a Cartago. Este sería el fin de su viaje furtivo.

4 En el asiento de al lado, el anciano a punto de infartar se persignaba. Yonas trató de pararse y de inmediato la azafata le ordenó que se sentara.

5 Comprendió que sería difícil comunicarse en tal situación de emergencia. Probablemente si insistía lo arrestarían.

6 Aun así, se paró y en medio de los gritos, lamentos y súplicas de piedad divina de los demás pasajeros, se arrodilló en el pasillo y con los brazos en alto exclamó a toda voz: ¡Por favor, te pido que detengas esto!

7 Ante la mirada atónita de todos, la turbulencia terminó, el

ruido de los motores se disipó y la nave volvió a una posición horizontal.

8 Ante el conato de aplausos y vítores, se puso de pie y amplificando al máximo su voz se dirigió a los pasajeros diciendo: Hermanos, la turbulencia se ha interrumpido, pero sólo será por un breve momento para que puedan escuchar lo que tengo que decirles.

9 Y entonces sentenció: Este vuelo no llegará a su destino mientras yo esté en él...

10 Unos segundos de silencio terminaron con un creciente susurro entre los pasajeros. Aún los más escépticos no podían evitar pensar que la nave volvió a la normalidad gracias a la acción del loco que ahora parecía predecir que el suplicio no tardaría en volver.

11 El murmullo se interrumpió para volver a escuchar al demente que se preparaba para dar un discurso: Mi nombre es Yonas. Dios me ordenó ir a Mosul y decidí huir a Cartago; si no me arrojan de esta nave, Él la derribará y todos moriremos.

12 Apenas terminó de decir esto, un alguacil lo puso baj[o] arresto. Inmediatamente l[a] violenta turbulencia comenz[ó] nuevamente.

13 Algunos pasajero[s] comenzaron a gritar, mientras e[l] anciano que había estado en e[l] asiento de la ventanilla, justo a[l] lado de Yonas, se paró y grit[ó] ¡Tírenlo! ¡Tírenlo!

14 Los gritos desordenados s[e] convirtieron en un coro qu[e] clamaba que tiraran del avión a[l] tal Yonas.

15 El alguacil apenas pod[ía] mantenerse de pie y controlar a[l] prisionero. Temiendo que la turb[a] se le arrojara encima par[a] arrebatarle al excéntric[o] pasajero, intentó sacar su arm[a] pero el avión dio un movimient[o] brusco y la misma cayó debajo d[e] los asientos hasta llegar a dond[e] estaba el anciano.

16 Yonas permanecía con un[a] mirada enajenada.

17 Recordaba cómo hac[ía] apenas una hora hablaba con s[u] vecino de asiento, entre otra[s] cosas, sobre la razón, la bondad [y] la piedad. Sí, ese que ahora co[n] tanta facilidad y con má[s] vehemencia exigía que l[o]

ajusticiaran; ese mismo apenas una hora antes le pidió por favor que le cediera el asiento de la ventana y luego de agradecer su respuesta inmediata, lo llenó de elogios diciéndole que si todos fueran tan amables el mundo sería un mejor lugar.

18 Paso seguido se desbordó en una perorata sobre cómo los seres humanos de las últimas generaciones se perdían en sus mundos individualistas, hedonistas, en sus teléfonos inteligentes, en sus "tuiters" y "feisbuks".

19 —Ese parece ser el discurso de todas las generaciones predecesoras —había respondido Yonas mientras se abrochaba el cinturón—. ¿No cree?

20 —Puede parecer, pero...no creo. Es diferente —respondió mirando hacia abajo, como si la respuesta más adecuada estuviera escrita en el suelo.

21 —¿Cómo es diferente? ¿Acaso su padre no pensaba que la generación de usted era perezosa y falta de valores? ¿No nos estaremos poniendo viejos?

22 —Quizás tengas razón, no lo había visto así —contestó con una sonrisa, pero aún ensimismado—. Pero es que esta generación es demasiado desconectada de la realidad. No saben pensar en los demás.

23 A todo lo malo lo llaman bueno y peor aún, ahora lo bueno es malo. Mire, que si uno critica la vida desordenada de los jóvenes uno es un energúmeno, pero si apoya que se enseñen valores y se ore en las escuelas lo llaman a uno moralista, ¡moralista!, como si fuera una mala palabra.

24 O sea, ahora si eres un pervertido sexual eres un héroe, pero si crees en la moral, en proteger a los niños, eres menos que un animal.

25 Yonas, fingiendo un bostezo, apagó y guardó su celular acomodando su cabeza sobre la almohada en su butaca.

26 El anciano continuó buscando conversación.

27 —¿Sabe que hay científicos que piensan que esta generación demuestra que estamos involucionando? No creo que eso lo hayan dicho de otra

generación.

28 —Ah, entonces, ¿usted cree en la evolución? —respondió Yonas, arrepintiéndose inmediatamente de no haber fingido estar dormido.

29 —No, no, por Dios, no. Lo que digo es que aun los científicos piensan como yo respecto a esta generación en retroceso.

30 —¿Entonces usted cree que la Tierra tiene apenas unos seis mil años? —preguntó con los ojos cerrados y con una voz cada vez más pasiva.

31 —Yo creo que eso es irrelevante. Para Dios un día es como mil años. Quizás el génesis se escribió así para que nosotros lo podamos entender mejor; quizás algo se perdió en la traducción. Eso para mí no es lo importante. Y usted, ¿qué piensa?

32 —Creo que Dios es difícil de entender.

33 —Yo no. Para mí la Palabra es clara...

34 —Pero ¿no me acaba de decir que puede haber problemas de traducción o interpretación? —interrumpió Yonas abriendo los

ojos, avergonzado por habe perdido la compostura al alzar l voz.

35 —Ah, lo que pasa es que n se puede interpretar la Biblia co un solo versículo, y mucho meno sin orar a Dios para que no ilumine y nos proporcion sabiduría. ¿Usted no ora?

36 —¿Yo? Yo hablo con Dio todo el tiempo.

37 —Entonces, ¿cómo es qu dices que es difícil de entender Si oras mucho no debes tene problemas en entenderte co Dios.

38 —No dije que oraba. Lo qu dije es que hablo con Dios.

39 —Ah, ya entiendo —dijo e viejo con sosera y pensandc "otro loco jactancioso con líne directa".

40 —Pero, sí; creo que tien razón. No es que no entienda. E que... quizás hay veces que un no quiere entender.

41 —Ah, ves que sí tengo razór

42 —¡Bah!, ¿Y qué es par usted la razón? ¿No razonamo todos? ¿Aun los que no equivocamos?

43 —Bueno, pero cuand nuestro razonamiento nos lleva

la verdad, ésta la valida. Aunque no quieras entender, se nota que oras, porque veo que eres una persona bondadosa.

44 —¿Cómo? ¿Por cederle el asiento ya me conoce y sabe que soy bondadoso?

45 —Uno aprende con el tiempo a conocer a las personas. Yo no veo en usted más maldad que la que tenemos todos por nacimiento. Una maldad que si no la alimentamos la podemos minimizar.

46 Yonas volvió a bostezar, esta vez en serio. Reclinó el asiento y siguió conversando, pero con los ojos cerrados. No supo cómo terminó la conversación; no tardó mucho en quedarse dormido.

47 Ahora, bajo arresto, escuchando a la multitud que junto al anciano exigían que lo ajusticiaran, solo pensaba en que quería con todas sus ansias que así se hiciera. No porque quisiera morir. Curiosamente en ese momento no pensaba en estrellarse, sino que se sentiría mucho mejor en libertad, volando en caída libre, con el viento ondeándole todo el cuerpo como bandera en tormenta.

48 Pensó en la turbulencia del viento en contacto con su cuerpo, en cómo algo tan violento podría masajearlo hasta relajarlo por completo.

49 Quizás le daría tiempo para quedarse dormido y soñar antes de concluir ese último viaje.

50 Era un pensamiento mucho más atractivo que la claustrofobia que le causaban los gritos de desconocidos que exigían sin ningún empacho su condena.

51 El anciano recogió el arma de debajo del asiento, pero en lugar de devolverlo al alguacil vestido de civil, se la dio a un hombre vestido de militar.

52 A Yonas siempre le había parecido interesante cómo trabaja la mente humana. Había leído que nuestro cerebro toma atajos que nos hacen más eficientes, pues si tomara toda la información que tiene tardaría mucho en tomar decisiones.

53 Algunos de esos atajos los

condenamos catalogándolos de prejuicios. Para el cerebro no es más que la manera en que aprende de experiencias pasadas. Por ejemplo, en una conversación profunda y sosegada en algún café, dos intelectuales estarán de acuerdo en que el hábito no hace al monje, y que hay que ser un verdadero troglodita para afirmar lo contrario.

54 Al salir del café y caminar por la calle oscura, se sentirán muy a gusto al ver pasar hombres en trajes elegantes. Sin embargo, al ver de frente a un grupo de hombres robustos, serios, desaliñados, vestidos con chalecos de cuero sin mangas, mostrando tatuajes en todo el cuerpo, entonces sus cerebros enviarán un mensaje, se segregará adrenalina, comenzarán a agitarse sus corazones y la presión arterial subirá; todo en preparación a una pelea o huida.

55 Es normal. Así trabaja el cerebro. "Esclavo de las pasiones". De la misma forma, el anciano y la turba del avión se dejaron llevar por el uniforme y le

dio todo el poder de la situación militar.

56 Este tomó ventaja del poder que le daba el uniforme, el arma y el voto democrático a viva voz de pasajeros para ordenar que se bajase el avión a una altura donde pudieran abrir la compuerta y lanzar a Yonas.

57 Cuando el avión bajó a una altura en la que podían abrir la compuerta, el militar amenazando con la pistola empujó a Yonas al abismo. Mientras descendía, Yonas pensaba en que no quería caer en el agua, donde el golpe quizás lo dejaría vivo para acabar con una muerte desesperante como el ahogo o entre las mandíbulas de una tintorera o una ballena asesina.

58 Se alegró de ver el suelo. A lo lejos pudo ver todos esos terrenos sembrados y caminos que forman cuadrados rectángulos rayados en distintos patrones.

59 Pensó en los pastos en círculos, los que supuestamente han sido modificados por extraterrestres.

60 Se alegró de que todo terminaría rápido. ¿Qué tan rápido? ¿Sentirá algo? Trató de calcular su velocidad justo antes de la colisión. Debió prestar más atención en la clase de física.

61 Se sorprendió de las nimiedades que se piensan cuando se está a punto de morir. Hubiera esperado estar reflexionando sobre cosas más profundas que en teorías de conspiración y ecuaciones de física básica.

62 Pensaba en cómo quedaron los cuerpos que cayeron desde las torres gemelas de Nueva York y se preguntaba cómo quedaría el suyo. ¿Sería una mancha en el suelo, o al menos se podrá reconocer que era un cuerpo humano?

63 Aceptó su suerte sosegadamente, aliviado.

64 Se acomodó para caer de cabeza, así sería más rápido y se aseguraría de no sufrir.

65 Cerró los ojos y con una sonrisa traviesa soñó con el final. Una vez cerrados quiso abrirlos nuevamente, pero no se atrevió.

66 Mientras esperaba con ansias el golpe final, sintió una nueva turbulencia que no reconocía. Y entonces hubo calma y flotó al compás de un vuelo con alas.

67 Abrió los ojos y descubrió que una enorme ave lo sujetaba por el cinturón de su pantalón.

68 En pocos minutos la inmensa ave lo llevó a su nido en lo alto de una montaña desde donde podía ver una gran ciudad.

69 Allí pasó tres días como un anacoreta. Pensó en el insólito mito del águila que rejuvenece. Luego, el ave gigante volvió, lo alimentó como a un polluelo y finalmente lo agarró y lo soltó en Mosul.

70 Al ver la entrada de la ciudad, caminó perezosamente hacia ella, cavilando con nostalgia su estado de ánimo en el momento en que estuvo a segundos de convertirse en una mancha en el suelo.

71 Allá fue Yonas, arrastrando los pies, a ejercer su libre albedrío y cumplir con la voluntad divina.

EL FINAL

El líquido siguió acumulándose hasta que se desbordó en una lágrima que rápidamente se precipitó, deslizándose por la mejilla de la niña hasta caer en la última página. Entonces, con una sonrisa, acercó el libro a su pecho y lo abrazó.

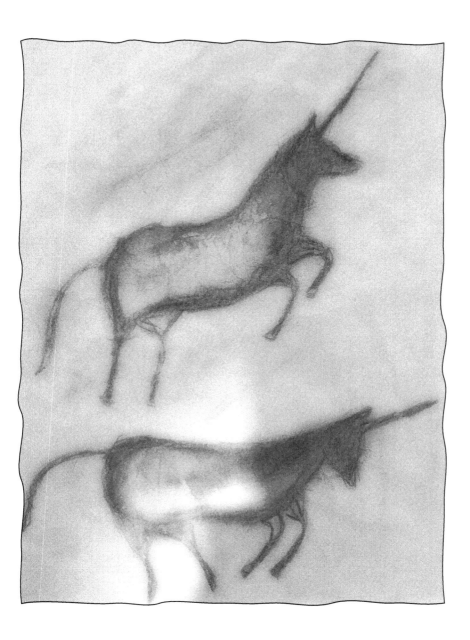

ARS POÉTICA

¿Por qué escribo?; hace unos años, antes de que comenzara a escribir literatura, pensaba que la escritura debía ser para edificar, vender una idea, atiborrar una opinión en la cabeza del lector. Luego, cuando comencé a escribir cuentos, me percaté que en mi caso es casi lo contrario; me gusta escribir para que los lectores lleguen a sus propias conclusiones, no para que oigan al autor, sino que se adentren en las historias y odien o amen a los personajes, que discutan con ellos, se pregunten por qué, cómo; por lo que algunos me encasillarán como efectista. Sin embargo, esa no es la razón por la que escribo, es sólo una forma de escribir, que puede estar un tiempo de moda y luego cambiar, y más tarde repetirse en otro ciclo. Al dar más pensamiento sobre por qué escribo, recuerdo que de niño escuché una frase, que ahora sé que se le atribuye a José Martí, que decía que el hombre debe hacer tres cosas en la vida: sembrar un árbol, tener un hijo, y escribir un libro; y aunque era muy joven, entendí que se puede alcanzar la inmortalidad por medio de esta simple

receta. Sin embargo, de estos tres ingredientes siempre me ha llamado mucho más la atención el tercero que las anteriores, porque me parece que es la más difícil de lograr, (bueno, presumiendo que se quiere escribir algo que valga la pena leer). La escritura ha inmortalizado a poetas como Bécquer y PH Hernández que apenas alcanzaron los treinta años y a otros, que, como Anne Frank, apenas comenzaban a vivir; tal es el poder de la escritura, que logra elevar, como también dijo, (y no casualmente), Martí: saber leer es andar; saber escribir es ascender. Creo que, en el fondo, no importa cuán humilde sea un escritor, ni el estilo o los temas que escoja, luego de quitar todas las razones altruistas de por qué los escritores escribimos lo que escribimos, ya sea consciente o inconscientemente, el fin no es otro que ascender y alcanzar la inmortalidad, dejar una evidencia clara de que existimos en un instante del tiempo infinito, dar lo mejor de nosotros para nuestra generación y para las futuras.

BIOGRAFÍA

Elvin Negrón nació en la Florencia del Caribe, Ponce Puerto Rico, en un hogar humilde. Sus padres, un barbero y pastor cristiano, y una maestra de escuela elemental le inculcaron el amor a la lectura. La madre le arrullaba con rimas de Bécquer, y el padre hacía lo propio leyéndole pasajes bíblicos.

A los cuatro años un episodio cotidiano marcó su vida; se trataba de una viñeta que tiene todavía muy clara en su memoria; su madre escribiendo una carta que le dictaba su abuelo. En ese momento le preguntó a su madre, por qué abuelo no escribía la carta él mismo, y ella le contestó que él no sabía escribir. Había visto al abuelo leer el periódico todos los días y no podía entender por qué no sabía escribir. Este recuerdo dejó latente una inquietud y una enseñanza en cada célula de su cuerpo, que florecería más adelante en su vida. Ya en los años de adolescencia, habiendo ya leído varias veces todos los libros de la biblia, se obsesionó con meter al diablo en el infierno, tanto así que le parecía que cualquier persona que hiciera otra cosa era un animal. Hizo una pausa en su educación literaria para hacer cosas menos importantes; en esos años estudió matemáticas, ciencias naturales, economía, negocios, idiomas, humanidades, hasta obtener su bachillerato en ingeniería química y una maestría en gerencia de operaciones.

Luego de muchos años, recordó el episodio del abuelo y entendió la diferencia entre leer y escribir. Así, retomó el rumbo literario y se convirtió en parte de las primeras camadas de la maestría en creación literaria de la universidad Sagrado Corazón de Puerto Rico, dirigida por el escritor Dr. Luis López Nieves, donde fue galardonado con la medalla Pórtico a la excelencia académica.

Ha publicado independiente tres libros de cuentos: Alicorne (2015), Pléilist (2020), premiado por el ILBA y el PEN de PR, y pléilist SHUFFLE (2022), una antología que incluye a nueve autores, la cual obtuvo dos menciones honoríficas por ILBA. Sus cuentos han sido también publicados en las antologías de Editorial Gnomo: Fricción cuántica- Antología de ciencia ficción desde Puerto Rico y su diáspora (2022), y Hadouken! - Antología de literatura boricua videolúdica (2023). También fue publicado la séptima edición de la revista literaria digital *La Pequeña*. Actualmente trabaja dos nuevos proyectos: Hostia y Circo, un libro mixto que incluye cuentos, ensayos y crónicas; y pléilist REMIX, el tercer libro de cuentos inspirados en música, una antología con varios escritores puertorriqueños.

Made in the USA
Columbia, SC
17 November 2024

46771088R00050